Ai no Kiseki
愛の奇跡
Ukiyoto Publishing

浮世絵出版

2025 年発行

ISBN 9789370094765

これはフィクションだ。名前、登場人物、企業、場所、出来事、地域、事件などは、著者の想像の産物であるか、架空の方法で使用されたものである。実在の人物、生死、実際の出来事との類似は、まったくの偶然にすぎない。

www.ukiyoto.com

目次

夜空の下で

-アナ・S・ガッド著

夜空の下で、
あなたの胸に抱かれた月、
そして夜明けまでそこに留まる、
黄金の太陽が赤く染まるまで、
あなたの頬のように、柔らかく、愛されていない
。

あなたの名前を知っている遠い国もある、
その切ない岸辺から、
私はあなたに呼びかける、
しかし、私の声はあなたの不安の闇に紛れてしま
った......。

風があなたに私の言葉をささやく、
大海原で、愛の糸が絡み合う、
あなたの髪に、バラが絡みついている、
私の香り高いバラ園から。

そして私のすべての夢は、あなたの足跡をたどる
、
私の魂はあなたをその手のひらに乗せている、
ザクロのように割れる、
私の愛するあなたは、神からの贈り物なのだから
。

私はあなたを永遠に歌に残しておく、
私は柳の枝であなたを抱擁する、
あなたがここにいないことに泣いている、
それはラブソングを歌う。

そして、私が辿る愛の道が見える。
私の足音は、献身のささやきへと変わる、
大地に刻まれた静かな誓い、
私をあなたに近づける。

雨の中の恋

– ティナカ・ホイシ著

第1章：出会い

高橋愛子が初めて黒金蓮に会ったのは、肌寒い秋の午後、突然の土砂降りの雨の中だった。傘を忘れた彼女は、書店の日よけの下に閉じ込められ、東京の雑踏に降り注ぐ雨を眺めていた。

背が高く、飄々とした雰囲気の高校時代の同級生、レンが、数メートル離れた街灯に寄りかかって立っていた。その黒い瞳は物思いにふけるように雨を見つめていた。ミステリアスで、よそよそしく、学校の噂話には決して乗らない。

その瞬間、突風が吹いてノートが滑り落ち、レンの足元に落ちた。彼は何も言わずにそれを手に取り、彼女のスケッチや手書きの詩で埋め尽くされたページをめくった。

「これはあなたのものですか」と彼は尋ねた。

愛子はうなずき、頬を熱くしてそれに手を伸ばした。彼はそれを返す代わりに、鉛筆で描かれた雨の中に立つ少年のスケッチのページで立ち止まった。それはシルエットで、無表情でありながら、驚くほど見覚えがあった。

「面白い」と呟き、ようやく返した。″自分の芸術をもっと大切にするべきだ″

彼女が返事をする前に、彼は黒い傘を差し出した。「さあ。ずぶ濡れになるのはよくない」。

そして、雨の中を並んで歩いた。

第2章 謎を解く

愛子は、認めたくないほどレンのことを考えている自分に気づいた。以前は、彼は彼女の人生に影を落としていたが、今は、ふたりの間の視線や言葉のひとつひとつが彼女の心に重くのしかかっている。

数日後、彼女は昼食時に屋上で一人、小さなノートにスケッチをしている彼を見かけた。好奇心旺盛な彼女は近づいた。「絵を描くんですか？

レンは彼女をちらりと見てからため息をついた。″ときどき″

彼は本を閉じたが、彼女が細部まで丹念に描かれた美しい風景を垣間見るまでには至らなかった。自分でも驚くほど、「おいしいわ」と彼女は言った。

彼はニヤリと笑った。″知っている″

愛子は彼の傲慢さに顔をしかめたが、その自信の裏側にあるものに気づいた。「ランチはいつもひとりで食べるの？

彼は肩をすくめた。”静かになった”

それが始まりだった。レンは少しずつ心を開いていった。二人はスケッチブックを交換し、互いの作品にコメントし合い、やがて愛子は、二人で過ごすすべての時間を楽しみにしている自分に気づいた。

第3章 星空の下の告白

ある晩、廉は愛子にメールを送った：*午後9時に公園で会おう。*

ドキドキしながらこっそり外に出ると、興奮と緊張がこみ上げてきた。彼女が到着すると、彼はブランコに座って空を見つめていた。

彼女は彼の横に座った。”なぜ私を呼び出したのですか？”

彼はしばらく黙っていたが、彼女に向き直った。”それを理解できるのはあなただけだから”

「何を？

彼は息を吐きながら、広大な星空を見上げた。”そ

の孤独は永遠に続く必要はない″

愛子は胸が締め付けられるのを感じた。彼女は手を伸ばし、彼の手にそっと触れた。″一人じゃないよ、レン″

彼は笑いながら、彼女の指と自分の指を重ねた。″あなたもそうでしょう″

どこまでも続く空の下、手を取り合って座っていると、風が二人の言葉にならない言葉を運んできた。

第4章　静けさの前の嵐

しかし、愛は決して簡単なものではなかった。

愛子と漣の噂は広まった。物静かな芸術家の彼女と、誤解された一匹狼の彼。プレッシャーは高まり、やがて愛子は疑念を抱くようになった。

ある晩、彼女は漣に詰め寄った。「私を入れたことを後悔していますか？

彼の目は暗くなった。「あなたは？

「わからない」と彼女は認めた。″すべてが. . . 複雑に感じられる″

レンは顎を食いしばった。″やりすぎなら、これを止めればいい″

その言葉が刺さった。彼女は断りたかった、彼のそばにいたかったと。しかし、恐怖が彼女を襲った。その代わり、彼女は背を向け、彼女のスケッチと同じように、雨の中にひとり立っていた。

第5章 雨の中の恋

沈黙の日々が続いた。愛子は彼に会いたがっていた。空虚な時間が重く感じられ、彼女はあることに気づいた。現実のはずだった。

そうしてまた雨の降る午後、彼女は二人が初めて出会った書店の外に立って待っていた。

そして、彼はそこにいた。

レンは視線を読めないまま近づいてきた。”愛子...”

彼女は一歩前に出た。「怖かった。でも、君と離れている方がもっと怖い」。

彼は驚いて唇を離したが、その後、珍しく本物の笑みを浮かべた。”それならもう走るな”。

彼女は首を振った。”またか”

雨は降り続いたが、どちらも離れようとはしなかった。そして今回、傘を差したのはレンだけではなかった。

第6章 新たな出発

翌日、学校では様子が違った。もう隠れてはいなかった。二人は並んで廊下を歩き、指が軽く触れ合った。

まだヒソヒソ話している生徒もいたが、愛子は気にしなかった。久しぶりに、彼女は理解されたと感じた。

昼食時、二人は屋上に一緒に座り、スケッチブックを開いた。レンは彼女に向き直った。"何か新しいものを描きたい"

愛子は首を傾げた。何？

彼はニヤリと笑った。"私たち"

胸に温かさが広がるのを感じながら、彼女は笑った。"それなら、美しくしましょう"

スケッチをしていると、小雨が降ってきた。しかし、今回は2人とも逃げなかった。ふたりは雨を降らせた。

第7章 共に歩む未来

月日は流れ、2人の絆は深まった。午後は川辺で絵を描き、桜の木の下で静かな時間を過ごし、お互いの存在に慰めを見出した。

ある晩、二人が家路に着くと、レンは突然立ち止まった。「愛子」と優しく言った。″海外の美術大学に合格しました″

彼女の心は沈んだが、無理に笑顔を作った。″驚きだ″

彼は彼女を研究した。″一緒に行こう″

彼女はまばたきをして唖然とした。何？

「私たちは創造し続けることができる。一緒に″

愛子はためらい、恐怖心が忍び寄った。かつて影だった少年が、今は目的を持って輝いている。彼女は微笑んだ。「オーケー

そしてまさにそのように、ふたりは未知の世界へと足を踏み入れ、手をつないで新しい未来を描こうとした。

シルエット

– ウォーレン・ハンセン・ビジャセニョール著

ピュアな肌をなぞるレース

シルクのように繊細で滑らかな、ミルクからのキス。

あなたの目は、高慢で飄々とした者を辱める喜びに輝いている。

しかし、優しさと情熱をもって、しかしいじらしく構成する。

一歩一歩、歩くたびに、あなたの歩幅が大理石の床に響き渡る。

しかし、その音とリズムは、ダンスを求め、憧れるものだった。

微笑み、一瞬のきらめき、群衆を魅了し、そして一人の男が......。

夜通し、このような光景を見ることができる。

模倣は鏡と凡庸の唯一の賛美である。

しかし、あなたの姿は、ランプや照明よりも輝いている。

この夜は、100 年先まで続くようだ。

それでも私は、あなたのことをとても鮮明に、とても美しく覚えている。

あなたの思い出は、香り高いシルエットだから。

私の苦悩は、あなたの甘美な歌声に続いている。

夢も希望も、そしてあなたの愛も。

余韻、欠落、私が欲しいのは君だけだ

液状の勇気も偽りの虚勢も、それを覆い隠すことはできない。

拒絶、嫌悪、嫌悪という恐ろしい思い

心臓がドキドキして、破れそうで、不安で、錯乱している。

時に想像される戦いは、残酷で陰湿なものだ。

後悔の痛みは失敗の痛みを凌駕した

求めるとき、探し求めるとき、初めて見つけることができる。

もう二の足を踏まないで、今夜こそ、私の心は戦うだろう

どんな敵、悪役、怪物、軍隊とも違う。

冷酷さと強引さは酸っぱい味に思える

後天的なものもあるが、ロマンスは口蓋に残る

ユーモアと自信は、この戦いのためのよりよい武器となる

そうして、近づき、微笑み、ただ見て、手を振る。

睨まず、睨まず、ただ闊歩し、自信に満ち、陽気に。

喉を鳴らし、口調を整え、急いで考える！

しかし、声をまろやかにし、リズムをなだめる。

冒頭の一撃、そしてあなたの承認、ほんの少し微妙だが

柔らかなくすくす笑い、あなたはそれを見せずにはいられない。

しかし、そこには言葉はなくとも、すべての意図と欲求がある。

疑念と慎重さは一致する。

茶目っ気たっぷりの笑顔の奥に、心からのイエスがあった。

利益は、痛みを伴うリスクと大きな準備によって達成される

しかし、私はあなたの美しさの向こうに隠れているものに対して準備ができていなかった

正直に、誠実に、あなたは私を見た。

クジャク、鳴き声、頭痛を禁止する。

陰謀、ゴシップ、浅はかな賞賛の言葉はない。

君と僕だけ

私たちだけ

オーケストラの旋律にのってくるくる回る。

足がもつれても、ビートを飛ばさない

ああ、私はあなたと絡み合い、絡み合うのが好きだった。

私たちの指は、あなたの指はとても柔らかく、私の指に当たっている。

夜がゆっくりと明けるまで、もう一回、もう一回。

このまま衰退していくのだろうか？思い出とともに消えた、昨晩の夜

でも、あなたの手は私の手を強く握りしめ、私はしばらくの間、目を閉じていた。

まだあなたの痕跡が残っているのが見える。

私の腕の中で、私の心の中で、あなたは一晩中いた。

月の下で、私たちが何になり得たかを目撃する

紆余曲折を経て、私たちは境界線を曖昧にし、あなたと私だけになった。

私の腕の中で、私の希望の中で、あなたの唇の中で、私の愛がこだまする。

国境を越えた愛

–マンモハン・サダナ著

東京メトロはいつものように満員だった。アルジュン・シンはターバンを整え、頭上のハンドルにつかまり、列車が揺れる中でバランスをとった。日本での 6 ヵ月が過ぎ、早朝、長い勤務時間、街の明かりを見つめながら過ごす静かな夜といった日常生活に慣れていた。

しかし、その日は違った。

繊細な声が単調さを打ち破った。

「すみません」と若い女性がつぶやき、彼の横を通り過ぎようとした。

アルジュンは脇を通り、一瞬、目が合った。シャープな顔立ちを優しさで和らげ、好奇心に満ちた黒い瞳。水色の着物に身を包んだ彼女は、まるで絵画から抜け出してきたようだった。

彼女は彼のそばでポールにつかまり、その手は小さく優雅だった。

「と彼女は突然、日本語で尋ねた。

軽く英語のアクセント。

アルジュンは微笑んだ。「ここに来て半年。でも、まだ新しいと感じている。

彼女は苦笑した。「東京ってそういうところあるよね。愛子です」。

「アルジュン」と彼は言い、軽くうなずいた。

電車がピクッと止まった。愛子はよろめき、アルジュンは本能的に手を伸ばして彼女を支えた。二人の手が触れ合った。ほんの一瞬の出来事だったが、ふたりの間に波紋が広がった。

「ありがとう」と囁き、目をそらした。

電車のドアが開き、彼女はためらった。そして、柔らかな笑みを浮かべながら、「アルジュンさん、また会えるかもしれませんね」と言った。

そしてそのまま、彼女は消えてしまった。

***

友情が愛に変わる場所

運命はそれなりの計画を持っていたようだ。週間後、アルジュンは

都会の喧騒から逃れて、新宿の静かな喫茶店にいた。隅に落ち着いたとき、彼の目が驚きに見開かれた。

愛子は窓際で抹茶を飲んでいた。

目が合うと、今度は彼女が先に微笑んだ。

「またあなたね」と彼女はからかった。

「とアルジュンはニヤニヤしながら反論した。

彼らは何時間も話した。日本の伝統、パンジャブの温かさ、そして両者の世界の違いについて。しかし、笑いと沈黙を共有する間のどこかで、違いは薄れ始めた。

時が経つにつれ、彼らは頻繁に会うようになった。上野公園での散歩、隅田川での会話、言葉よりも大きく感じられる静かな時間。

ある晩、桜が咲き乱れる空の下、アルジュンは彼女に向き直った。

「愛子」と、いつもより柔らかい声で言った。

彼女は彼の視線を受け止めた。

その間にある。

″これがどこにつながっているのかわからない″と彼は認めた。

彼女の指が彼の指に触れた。

「私もよ」と彼女はささやいた。

***

凪の前の嵐

しかし、愛が戦いなしに訪れることはめったにない。

愛子が両親にアルジュンのことを話したとき、両親の反応は喜びに満ちたものではなかった。

「外国人？」母親は息を呑んだ。″愛子、自分のしていることを考えなさい！″

父親の顔は読めないままだった。「彼は我々の仲間ではない。″我々の伝統、我々のやり方...彼は理解してくれるだろうか？″

「私は彼らを理解しています」と愛子はきっぱりと言った。″彼もそうだ″

父親はため息をついた。「愛とは二人だけのものではない。家族、名誉、そして自分が築く人生についてだ。

海を隔てたアムリトサルで、アルジュンは自らの戦いに直面した。

母親の目は心配でいっぱいだった。「日本人の女の子、ベータ？彼女は私たちの家族にどのように溶け込むのだろうか？

口数の少ない父親が、長い沈黙の後に口を開いた。″私たちの文化の外で結婚するのは簡単ではないよ、息子よ″

アルジュンは息を吐いた。「分かってるよ、パパジ。でも、愛子は私たちのやり方を尊重してくれる。彼女は学ぶことを厭わない。もう十分だろう？

一番無口だった祖母がようやく口を開いた。「ここに連れて来い

そうして、ドアがわずかに開いたままになった。

愛の試練

愛子のパンジャブ初訪問は、感覚の爆発だった。色、音、圧倒的な愛......すべてが新鮮だった。しかし、彼女はそれを受け入れた。

黄金寺院では、彼女はドゥパッタで頭を覆い、敬虔な気持ちでお辞儀をする信者たちを見ていた。家では、アルジュンの祖母の前で手を組み、日本で年長者にするような軽いお辞儀をした。

アルジュンの母親は遠慮がちに彼女を観察していた。しかし、ある晩、愛子がキッチンに足を踏み入れたとき、その氷は溶けてしまった。

「マタジはためらいがちに、「アルーパラタの作り方を教えてください」と言った。

間が空いた。そして、小さく微笑んだ。「来て、見せてあげる。

言葉ではなく、生地をこね、笑いを分かち合うことで絆が生まれた。

一方、アルジュンは京都へ向かった。彼は愛子の両親の前で深々と頭を下げたが、パンジャブなま

りのせいで日本語がたどたどしく聞こえた。しかし、敬意に完璧さは必要なかった。

愛子の祖父は、かつて最も懐疑的であったが、驚いた。

彼が話したとき、彼らは皆、そう言った。

「戦争中、シーク教徒の兵士に会った。勇敢な男たち。名誉ある男たち〟

彼はアルジュンに向き直った。〝もしあなたが彼らのような人なら、私の孫娘のために正しいことをしてくれるでしょう〟

そして、その瞬間、もうひとつの障壁が崩れ去った。

***

二つの世界の結婚式

彼らの結婚式は、完全なインド式でも完全な日本式でもなかった。

赤いパンジャビ・レヘンガに身を包んだ愛子は、グル・グラント・サーヒブの前で手を組んだ。その後、京都でアルジュンは、彼女が神前式で白い着物を着るときにそばに立った。

かつては躊躇していた 2 つの家族が、今は共に立っている。

最後の客が去り、アルジュンとアイコは満天の星空の下で二人きりになった。

アルジュンは彼女を引き寄せ、顔にかかった髪を払った。

「永遠の覚悟はできたか？

愛子は微笑み、両手を彼の胸に置いた。

″君と一緒である限り″

そして彼が身を乗り出し、ゆっくりと情熱的なキスで彼女の唇をとらえたとき、過去も、闘争も、抵抗も、すべてが消え去った。

残ったのは愛だけだった。

国境を越えた愛。

勝利した愛。

レッド・ローズ

－オーロビンド・ゴシュ著

太陽がセント・メリーズ・カレッジの広大なキャンパスを黄金色に染め、にぎやかに行き交う学生たちに長い影を落としている。その中に、愛と運命の物語の中で人生が絡み合った 2 人の同級生がいた。質素な家庭に育った少年ラヴィは、裕福な実業家の娘プリヤに深い恋心を抱いていた。しかし、2 人のラブストーリーは静かな献身と言葉にならない想いのものであり、プリヤは 2 人の異なる身分が課す社会的制約に苦悩していた。プリヤは社会的な制約を熟知しており、ラヴィの限界も知っていた。彼女は、社会の構造的な制約に逆らうことを望んでいるようなそぶりを見せることはなかった。父親はラヴィが家族の一員になることを決して許さなかった。それが、彼女がラヴィと常に距離を置いていた理由だ。

ラヴィはプリヤを目にした瞬間から、プリヤの代わりを務められる女性は他にいないと心に決めていた。彼の愛はシンプルでありながら深遠であり、彼女に一輪の赤いバラを捧げるという毎日の儀式を通して表現されていた。毎朝欠かさず、彼は紅い花を手に大学の門のそばで待っていた。プリヤは穏やかな気品で彼のバラを受け取ったが、彼女の心はラヴィへの思いと家族からの期待の間で引き裂かれていた。

そのシンプルなジェスチャーにもかかわらず、ラヴィは数々の困難に直面した。貧しい少年が金持ちの少女を愛するという大胆さを、仲間たちは嘲笑した。プリヤの有力者一家が報復することを恐れ、彼に止めるよう警告する者もいた。プリヤも常に監視されていた。友人たちはしばしば彼女とラヴィの間にある社会的な隔たりを思い出し、慎重になるよう促した。しかし、彼女は毎日、社会の期待に囚われ、自分の気持ちを声に出すことができないまま、バラを受け入れていた。彼女は、父親がプリヤの行動を監視するために監視員を派遣したことを知らなかった。彼女の父親は、その少年が毎日門の前で彼女に赤いバラを渡していることを知っていた。

無言のロマンスを知っていた大学当局は、感嘆と心配の入り混じった様子で見守っていた。彼らはラヴィの愛の深さを理解していたが、同時にこの先に待ち受ける複雑さも理解していた。最終学年が終わりに近づくにつれ、間近に迫った別離がラヴィの心に重くのしかかった。大学最後の日、彼は勇気を振り絞り、愛の告白とともに再びプリヤに赤いバラを捧げた。プリヤはそのバラを受け取ったが、目に涙を浮かべながら、社会的地位という目に見えない鎖に縛られているため、彼の愛を素直に受け入れることができないと説明した。

傷心のラヴィは大学を去り、二度とプリヤと交わるまいと誓った。ラヴィは打ち砕かれた心を修復しようとした。ラヴィは同じ街で事務員という地味な仕事に就いた。彼はプリヤのことを忘れようとしたが、うまくいかなかった。しかし、6 ヵ月経ってもプリヤから何の連絡もなかったとき、彼は人生を前進させようと決心した。プリヤには自分の豊かな世界で幸せになってもらおう。

プリヤもまた、プライヴェートリーグの一員となるべく自らを鍛え上げた。パーティー、催し物、上流階級の集まりが彼女の生活スタイルとなった。彼女はこのライフスタイルに身を置こうとした。彼女にとってはつらいことだったが、誰にも、特に両親には自分の気持ちを見せなかった。彼女でさえ、彼らが彼女のために適切な同盟を探すと決めたとき、反対しなかった。その少年はとても裕福でハンサムだったに違いない。プリヤは自分の運命を両親や親しい親戚の手に委ねていた。プリヤの愛の日記には、ラヴィの名前がかすかに残っていた。

ある日、ラヴィが新聞をめくっていると、ある見出しが目に留まった：「金持ちビジネスマンの娘、交通事故で昏睡状態』。鼓動が高鳴った。彼はプリヤの父親の名前を思い出そうとした。そう、彼はプリヤだと気づいた。プリヤは交通量の多い道路の橋から落ちた。その陰惨な事故には複数の車が巻き込まれた。プリヤは意識不明の状態で病院に運ばれた。彼女は昏睡状態だった。

消えない愛に突き動かされ、ラヴィは赤いバラを持って病院に駆けつけたが、スタッフに追い返された。絶望した彼は、枕元に赤いバラを置かせてほしいと家族に懇願した。しかし、彼は退去を求められた。彼はその場を離れなかった。彼は一日中座っていたが、翌日、新鮮な赤いバラを持って病院を出て行った。プリヤの家族は毎日プリヤに会うのを嫌がっていた。父親だけが直感を持っていた。この少年なら娘を昏睡状態から蘇らせることができるかもしれない。翌日、ラヴィが再びバラを持ってやってきたとき、彼女の父親がラヴィを呼び、こう尋ねた。娘は昏睡状態です。何が望みだ？

「私はただ、この赤いバラを彼女のそばに置いておいてほしいだけです。あなたが望まないなら、私は彼女に近づかない。このバラを彼女のそばに置くよう手配してください」。

プリヤの父親はしぶしぶ同意し、意外にもプリヤの近くに行くことを許可した。それから毎日、ラヴィはバラを持ってやってきて、彼女の頭のそばにそっと置いた。

プリヤの入院中、ラヴィは新たな試練に直面した。病院のスタッフは当初、彼を疑いの目で見ていた。プリヤの家族は、彼の気遣いに感謝しながらも、彼の意図がわからず、よそよそしくしていた。ラヴィの献身は富を得るための策略だという噂や、彼の存在がプリヤの回復の重荷になっているという噂が流れ始めた。ラヴィは囁きや軽蔑の視線にもめげず、毎日の儀式を続け、その愛は揺るぎなかった。

ある運命の日、病院を訪れることができなかったラヴィは、奇跡の展開に気づかず病院に残った。病院に行ってプリヤのベッドサイドに赤いバラを置くことはできなかった。実際、全員がラヴィを失っていた。医師たちは、彼が赤いバラを置くのを見慣れたものだった。今日はそれがなかった。プリヤの表情は何かを探しているかのように少し活発だった。医師たちは彼女の顔の動きを観察した。昏睡状態のプリヤは 3 つの言葉をささやいた："私の赤いバラ"この画期的な発見に唖然とした医師と家族は、ラヴィを見つけなければならないと思った。その知らせを聞いたラヴィは、赤いバラを握りしめて病院に駆けつけた。

彼が到着すると、バラはもう一度プリヤの頭の近くに置かれた。彼女は目を見開き、彼を見つめ、唇を尖らせた。勇気づけられた医師たちは、ラヴィに彼女の手を握らせた。昏睡状態のプリヤの唇に笑みが浮かび、希望の光が部屋を照らした。ラヴィの愛が彼女を瀬戸際から引き戻した。

一週間後、ラヴィが彼女の手にそっと触れると、プリヤは彼の手を強く握りしめた。それを目の当たりにして、彼女の両親は心を入れ替えた。プリヤがラヴィとの結婚を望むなら、彼女の決断を尊重すると発表した。ラヴィは彼女の頬を涙が伝うのを見ていた。プリヤが目を開け、ラヴィへの愛が暗闇に打ち勝ったのだ。

それから 1 ヵ月後、プリヤが健康を取り戻したことで、新たな挑戦が始まった。両親の新しい発見にもかかわらず、社会的な圧力は彼らの幸福に大きな影を落としていた。地域社会のささやきはさらに大きくなり、この組合を恥だと非難した。プリヤは不評を感じ、再び落ち込んだ。しかし今回、彼女の両親は、娘の幸せをサポートするために、社会規範を無視して毅然とした態度で臨んだ。

静かな儀式の中で、ラヴィとプリヤは結婚し、ふたりの愛はようやく認められ、祝福された。プリヤの両親は、ラヴィの愛と献身の深さを見抜き、2 人の生活をスタートさせるために多額の財産を提供した。一度は不釣り合いと見なされた 2 人の愛は、忍耐と献身の力の証となった。

赤いバラと揺るぎない愛に彩られたラヴィとプリヤの物語は、希望の光となり、愛がもたらす奇跡を信じる人々を鼓舞した。ふたりは共に世界に立ち向かい、心を通わせ、永遠の愛に抱かれて幸せに暮らした。

エピローグ

数年が経ち、ラヴィとプリヤの物語は、社会の常識を覆し、乗り越えられない困難を克服した愛の物語として、彼らのコミュニティで大切な伝説となった。かつては密かにささやかれていた二人の愛は、今では賞賛と畏敬の念をもって語られるようになった。

ラヴィとプリヤは、相互の尊敬と揺るぎない信頼の上に人生を築いた。ラヴィはプリヤの揺るぎない支援を受けて小さなビジネスを始め、順調に成長し、尊敬と評価を得るようになった。一族の富に守られていたプリヤは、他人を助けることに生きがいを見いだし、その立場を利用して恵まれない人々を向上させる活動を支援した。彼らはともに団結の象徴となり、愛が最も深い溝を埋めることができることを示した。

慎ましくも温かさに満ちた彼らの家は、慰めとインスピレーションを求める人々の聖域となった。毎年、結婚記念日には友人や家族を招いてささやかな集まりを開き、ふたりの愛だけでなく、社会の枠を超えた愛を祝った。

ある日の夕方、太陽が地平線に沈んで庭に黄金色の光を放つと、プリヤは赤いバラを手にポーチに座った。ラヴィは彼女と指を絡ませながら、子供たちが花の中で遊ぶのを見ていた。二人が築き上げた人生の証しである。一輪の赤いバラから生まれ、揺るぎない愛に育まれた人生。

ラヴィの目を見て、プリヤは微笑んだ。「ただの赤いバラが私たちをここに導いてくれるなんて、誰が想像できたでしょう？

ラヴィは彼女の手に優しくキスをし、その目は愛の深さを映し出していた。「ただのバラではありませんでした」と彼は優しく答えた。「それは約束だった。どんな困難があろうとも、私はいつもあなたのそばにいる、という約束だった」。

彼らの物語は苦闘に根ざしながらも、希望の遺産として花開いた。愛が忍耐と忍耐をもって育まれれば、最も困難な障害さえも乗り越えることができるということを、誰もが思い知らされたのだ。上空で星が瞬き始めたとき、ラヴィとプリヤは、ふたりの愛が人生を変えただけでなく、周囲の人々の心にも忘れがたい足跡を残したことを知りながら、ふたりの分かち合った旅の抱擁の中に座っていた。

そして、その夜の静寂の中、咲き誇るバラの香りの中で、ラヴィとプリヤの愛の物語は続いた。それは単に 2 人の物語というだけでなく、何世代にもわたって変容し、癒し、インスピレーションを与える愛の力の物語だった。

夢の中の少女

–カルティク・バトラ著

私はいつも、顔ははっきり見えないけれど、なぜか笑っている女の子の夢を見ていた。毎回毎回だ。彼女の髪は黒く、ハイライトが施されていた。夢の中で私たちは一緒に笑い、ジョークを飛ばし、穏やかな時間を共有していた。それは純粋な至福であり、私の心が切望していた聖域のように感じられた。彼女と一緒にいるときはいつも、たとえつかの間の夢であっても、私の心臓は抑えきれずに高鳴った。まるで私の感情が拡大されたかのようで、酒を飲まなくとも頭の中が酩酊状態になった。

この夢は毎週私の前に現れ、私が心待ちにしていた神聖な儀式だった。しかし、ある夜、何かが違った。

夢はいつものように始まり、彼女の存在が虚空を暖かさと喜びで満たした。しかし、今回は彼女の顔を見た。ぼやけているわけでも、隠しているわけでもなく、まるで神の啓示のように鮮明だった。彼女の美しさは幽玄で、この世のものとは思えないものだった。彼女の瞳は海の底のような色をしていて、私をその果てしない広がりの中に引きずり込み、彼女の微笑みは私の心の暗闇を照らすのに十分な輝きを放っていた。

目が覚めたとき、胸が痛むような悲しみを感じた。その夢、すべてが完璧だった自分の現実のバージョンから離れたくなかった。しかし、運命は私に別のものを用意していた。

翌日、大学では、3年制から4年制に移行した学生が一時的に私たちのクラスに加わることを告げられた。夢に出てきた彼女が目の前に立っていた。心臓がドキドキし、そして抑えきれないほど高鳴った。夢は叶うとよく言われるが、確率は低い。しかし、私はここで、そのありえない奇跡を生きていた。

その日、私は彼女を見るのを止められなかった。気持ち悪いと思ったけど、どうしようもなかった。彼女の存在は、まるで炎に吸い寄せられる蛾のように私を引き込んだ。「やめてくれ」と私は自分に言い聞かせ、必死に感情を抑えようとした。

その後、同級生が私を呼び、日本語グループについて尋ねてきた。彼女は自分のために頼んだのではなく、彼女のために頼んだのだ。彼女の海のような瞳を見つめると、心臓が太鼓のようにドキドキするのを感じた。まとまった文章を作るのがやっとだったが、何とか答えることができた。

その夜、私は彼女の名前を知った。*Yumeee*。彼女の名前さえ、彼女と同じくらい美しかった。

数日間、彼女は私たちのクラスに残った。しかし、結局、彼女のセクションは新設され、彼女はセクション D に移った。私は彼女と話したかったし、自分の気持ちを伝えたかったが、勇気がなかった。ある日、大学の食堂で彼女を見かけた。勇気を振り絞って彼女に近づくと、彼女はすでにこちらを見ていた。私は勇気を失い、背を向けた。

「ねえ」と彼女は声をかけ、私の足を止めた。

私は緊張のあまり、彼女に向き直った。「こんにちは」と私は何とか言った。

「今、私を見てた？」彼女はいたずらっぽく尋ねた。

「つまり…はい」私は嘘をつくことができず答えた。

「彼女は明らかに面白そうに言った。

止める間もなく、言葉がこぼれ落ちた。「どうしようもないんだ。君を見ると、君の目が...僕を引き込むんだ。それ以外はすべて消える。まるで...君しか見えないんだ”

彼女は顔を赤らめ、私はすぐに慌てた。「私は一体何を言ったんだ？彼女は私が狂っていると思うだろう」と私は思った。

しかし、彼女は立ち去る代わりに微笑んだ。「ワオ...」とだけ言って、彼女は去っていった。

私は凍りついたように立ち尽くし、すべてを台無しにしてしまったと確信した。しかし、彼女は振り返り、再び私のほうへ歩いてきた。

「ねえ、あなたの名前は何ですか？」と彼女は尋ねました。

「アディット」と私は言いよどんだ。

″うーん...私のはユミー。はじめまして、アディット″

「こちらこそよろしく」と私は答えた。

彼女は友人に呼び戻され、その場を去った。私はその場に根を下ろしたまま、心は感情の混乱に包まれていた。

大学の門の近くで彼女に再会したとき、その日は終わりかけていた。私たちは目を合わせ、彼女は私に歩み寄った。

「家に帰るの？

「はい」と私は答えた。

「うーん...わかった、じゃあね」と彼女は言った。

今しかない。勇気を振り絞って、私はこう言った。僕の恋人になってくれる？

私は拒絶されることを覚悟し、後悔して生きるよりは心を晴らしたほうがいいと自分に言い聞かせた。

しかし、彼女は微笑んだ。「デートしよう」と彼女は言った。

私は呆然と彼女を見つめた。「待って...何？同意したのか？

「ええ、同意しました」と彼女は笑いながら言った。

私は信じられない思いだった。これも夢なのだろう。しかし、そうではなかった。彼女は実在し、私の最初のガールフレンドになったばかりだった。

その日以来、私たちはできる限りの時間をともに過ごした。私たちは、音楽の好みから未知の世界を探検することへの愛まで、多くの共通点があることを発見した。ある日、私たちは幽霊が出るという噂の T ブロックの地下にまで足を踏み入れた。その場に座って、彼女は私の心を打ち砕くような痛みと裏切りの過去を打ち明けた。彼女が泣き出したので、私は彼女を抱きしめた。

そして静かな暗闇の中、彼女は身を乗り出し、私たちの唇が重なった。それは私のファーストキスであり、純粋な愛の瞬間だった。しかし、事態がさらに進展しようとした矢先、照明が明滅した。

突然、私の友人がそこにいて、″アディット、誰と話しているんだ？″と叫んだ。

私はユミーを見ようとしたが、彼女の姿はなかった。

「どういう意味ですか？彼女はここにいた私は叫んだ。

「誰もいないよ」と友人は声を震わせた。

部屋は暗くなり、私は汗びっしょりのベッドで目を覚ました。

すべては夢だったのか？

母に大学のことを尋ねたら、まだ家に来て 1 時間しか経っていないと言われた。私はあわてて友人のところに行き、ユミーのことを尋ねた。彼女は私が誰かと一緒にいるところを見たことがなかった。

必死になって授業記録を調べた。セクション D はなかった。

雷に打たれたような衝撃を受けた。彼女の名前-*Yumeee*。それは″**DREAM**″と訳された。

愛を超えた絆

–サンジャイ・バネルジ著

ミリンドはスミトラをデリーのジャンパス通りにあるインペリアル・ホテル内にある、イタリア料理とヨーロッパ料理を専門とする古風なレストラン、サン・ジミニャーノにランチに誘った。そのレストランは、同じ路線の同業他社に比べると、値段が高すぎる食事処だった。有名人であることは、公共の場で動き回るときに不利になることが多かったからだ。

ミリンドはフレンチ・シチューのブイヤベースを注文した。メニューカードがあるにもかかわらず、彼はメインディッシュをスミトラに相談し、スミトラの強い要望でウェイターを呼び、イタリアン・フィオレンティーナ・ステーキが羊肉で作られていることを確認した。鶏の角切りと冷製マヨネーズソースのロシア風サラダが添えられていた。

ミリンドはステーキに合う赤ワインを注文した。ふわふわで軽くキャラメリゼしたスクランブルパンケーキにプラムのコンポートを添えたもので、メニューにはこう書かれている。伝説によれば、カイザーシュマーンはカイザー・フランツ・ヨーゼフが好んだデザートで、その名にちなんでカイザーシュマーンと名付けられた。（カイザー・フランツ・ヨーゼフはオーストリア皇帝（1848-1916）およびハンガリー国王（1867-1916）。彼は帝国をオーストリアとハンガリーが対等なパートナーとして共存する二重君主制に分割した。1879 年にはプロイセン主導のドイツと同盟を結んだ。1914 年、彼のセルビアへの最後通告がオーストリアとドイツを第一次世界大戦へと導いた）。

ミリンドがウェイターに言った注文を聞いて、スミが言った。「ミル、ランチに 4 カ国も連れてきたみたいだね。フランス風シチュー、イタリア風ステーキ、ロシア風サラダ、オーストリア風カイザーシュマーン"

スミ・ディディ、実際には 5 カ国なんだ。赤ワインはスコットランド産です」。

鷲見は、「私に会うには、何か強い理由があるのでしょう」と軽口をたたいた。今までで一番高価な食事でもある」。

スミ・ディディ、まるでドスコスとウェルハム・ガールズの同窓会のようだよ」。学生時代の社交界のような感じだが、ダンスフロアはない。そういえば、あなたは 6 歳年上だったにもかかわらず、私はその学校の社交の場であなたと踊る喜びを味わったことがなかった。シヴィーやモブシーと一緒に、モブシーが窮地に陥ったときに何度か会ったけどね」。

彼は立ち止まり、懐かしさに目を輝かせた。「特にモブジーがキャンパス内でタバコを吸って捕まったときのことは鮮明に覚えている。彼の両親の代わりに、サリーを身にまとい、20 歳とは思えないほど大人びて見える姉のあなたがやってきたのだ。当時はまだ 14 歳だった。

スミトラは眉を寄せて微笑んだ。

ミリンドは身を乗り出し、声を大きく下げた。「あなたは校長のデレク・シメオン大佐の目の前で、モブシーを厳しく叱責した。そして大佐を愕然とさせた瞬間がやってきた、とモブシーは語る。モブシーによれば、ナグ・ティバで雪崩が起きてもおかしくないほど響く平手打ちだった。彼の右頬は赤く腫れ上がり、シメオン大佐が仲裁に入り、平手打ちは必要なかった、まあ、男の子は男の子だ、と言ってあなたを叱らなければならなかった」。

「写真のような記憶力ね、ミル」とスミトラは答えた。

大佐はモブシーを中央食堂に行かせ、ピーンと一緒に頬に氷を入れさせた。モブシーによれば、その平手打ちで問題は解決したという。それがなければ、彼は追放されていたかもしれない。あのね、スミ・ディディ、あれは君の見事な計算ずくだよ。ルックスもスタイルも演技力もあるんだから」。

困惑した様子のスミトラ。「誰が演技をしていると言った？

ミリンドは両手を頭に当てながら、信じられないといった様子でこう言った！仕組まれたことではなく、本物だったということか？

スミトラは笑った。「モブジーはバカなことをして、罪を償ったんだ」。

ミリンドは大笑いして飛び立つ。「本当に、スミ・ディディ、あなたが限界よ。今日に至るまで、モブシーはあなたが演技をしていると思っている。

スミトラは笑いながら、「よかったわね。彼には言わないでくれ。彼はとても恥ずかしい思いをするだろう」。

ミリンドは突然、真面目な態度で言った。何かご存知ですか？このことは秘密にしてください。私が最初に恋に落ちた女性はあなた、スミ・ディディだった。マンディは後から来た。

「まあ、今の時点では、ミル、褒め言葉として受け取るわ」とスミトラは答えた。

椅子にゆったりと座りながら、ミリンドは言った。彼は財布にあなたの写真を入れているのよ」。

スミトラは、″あなたも含めて、あなたと同年代の男性はみんな同じだと思うわ ″と言った。

そう、マンディの写真を財布に入れているんだ。財布を取り出し、スミトラにマンディラの写真を見せる。

スミトラは写真を見て言った。これは色あせてきている。

ミリンドは「これは特別な日の特別なものなんだ。スミ・ディディ、私は最初、モブシーがマンディに気があるのかと思ったんだけど、後になって二人はただのいい友達なんだと気づいたんだ。二人はお互いの存在をとても心地よく感じている。彼らはいくつかのレースを一緒に走っている。差し出がましいようだが、君はモブジーと揺るぎない関係を築いている。彼が生まれたときから一緒にいるようなものだ。私たち 6 人組の間では、モブシーのオムツを何回替えたかという話が流行っている。数字は 10 と 20 の間で推移している」。

スミトラは、「実は、6 というのは的外れなんです」と答える。あのね、ミル、恋愛は愛だけじゃないんだ。また、コミットメント、信頼、相性、その他多くのことでもある」。

ミリンドは、スミトラがメビウスとの関係について話したくないことを察し、それ以上詮索せず、話題を変えた。

ミリンドとスミトラは笑い、スミトラはなぜこの国のほとんどの女性がミリンド・ダンデカーを図々しいセックス・シンボルとみなしているのかがわかった。ミリンドの笑顔は人を惹きつけ、彼のアドニス・ボディは彫刻家の夢だった。ミリンドを前にすると、どんな女性でも気が散ってしまうものだ！

あなたはスミ・ディディを知っていますね。具体的なことについて話したかったんだ。ラフマン・シューズのマダヴィ・メータとのモデルの仕事に関するものだ。さまざまな全国紙や雑誌に広告が掲載される予定だ。広告はモノクロで、マダヴィと私が生きたニシキヘビを巻きつけて裸のポーズをとる。私たちはスポーツシューズを履き、それ以外は何も履かない。ニシキヘビは撮影前に脱柵され、鎮静剤も投与されるため、危険はない。ラフマン・シューズのこの広告は、この国で最も物議を醸す人気広告になると予測されている！マダヴィ・メータと私はそれぞれ20,000ドルを手にする。私の人生で最も大きな金額だ。オーストラリアの映画『Let's do it』で演じた役でさえ、15,000 ドルを手にした。広告代理店は、この広告が非難を浴びたり、法的な訴訟を起こされたりすることも予想しているため、英語だけでなく、読者の多いヒンディー語、グジャラート語、マラヤーラム語など、人気のある方言の新聞13紙で1週間同時にこの広告を発表する予定だ。英字誌も6誌ほどある。前撮りは非常に緘口令が敷かれている。それを知っている人はほとんどいない。選ばれた出版物には、この件に関する事実を一切漏らさないよう厳命されている。実際、私はこのことを両親に話していない。特に母が怒るだろう」。

来週、契約書にサインする前に、アドバイスが欲しいんだ。私の親しい友人たちの中で、このことを相談しているのは君が初めてだ。スミ・ディディ、あなたはとても大人だと思うし、正しいアドバイスをしてくれると思う。というのも、シブビーはちょっと古いタイプの人間だし、モブシーは腹を抱えて笑うだけだからだ。私より彼のことをよく知っているでしょう（笑）。スーパーモデルになってから、私のキャリアはあまり軌道に乗りませんでした。3本の映画で3つの脇役を演じただけだ。ヒンディー語で 2 本、オーストラリア人監督による英語で 1 本。時計、シェービングフォーム、衣料品などの国際的な広告を数本手がけたが、そのほとんどはギャラはあまり支払われず、撮影中の最高級ホテルでの宿泊やエキゾチックな場所への旅行など、たくさんのおまけがつくだけだった。以前は、そのホテルに数日滞在することができたんだ」。

ミリンドは軽く咳払いをして、立ち止まり、そして続けた。「でも、これはすべて僕にとって勉強になった。この件でとても嫌な思いをする人を一人知っている。マンディィよ。彼女はプロのモデルでもあり、マダヴィ・メータの代わりに彼女を選ぶことを私に期待していただろう。実は、広告代理店のディレクターがマダヴィと何かあって、それでマダヴィが抜擢されたのだ。二人はロナヴァラにある監督の所有する農家で頻繁に一緒にいるところを目撃されている。モデルという職業では、そのようなことは許される。実際、私はある広告代理店のゲイのディレクターにプロポーズされたことがある。私はその任務を引き受けなかった。さて、スミ・ディディ、この件について何か言うことはあるかい?″

鷲見はため息交じりに答えた。個人的には、広告に乗ってもいいと思う。それは間違いなく広告界のゲームチェンジャーとなるだろう。このようなことは広告界では過去になかったと思う。そうすれば、低迷していたキャリアは絶対に復活する。法的な影響はありますが、CIA はあなたを守ります。というのも、私の法的見識によれば、いかなる法的結果も、まずエージェンシーに対して向けられ、その後、写真家、モデル、広告が掲載された出版物に対して向けられることになるからだ。しかし、忘れてはならない重要な点がある。マンディとは 5 年前から同棲関係にあり、学生時代からの知り合いだ。彼女に打ち明けなければならない。あなたが最初に相談するのは彼女だと思わせるのです。マンディには私と話したことは言わないでね。彼女の助言と同意を得ているように見せかけるのだ」。

ちょうどその時、ウェイターが料理を運んできた。赤ワインのボトルはテーブルの中央に置かれ、氷の入った背の高いボウルの上に置かれていた。シチューは、クルーカットの若いウェイターが、完璧な正装でサーブしてくれた。袖には銀メッキのカフスボタンが目立つ。曲げられた肘が上腕二頭筋を白いシャツの生地に押しつけ、ジムで過ごした時間の長さを物語っている。

ミリンド・ダンデカーさん、昼食の後、ご一緒に写真を撮らせていただければ光栄です」。

でも、ここに座っているところを盗撮しないでね。奥様です。（スミトラを指差して微笑んで）私の経営アドバイザーです」。

「かしこまりました、ありがとうございます」ウェイターはうなずき、同僚に喜びの知らせを伝えるため、静かに厨房へと引き返した。

ランチを食べ、レストランのスタッフと集合写真を撮った後、ミリンドはスミトラをホテルのロビーまで見送った。

「アドバイスありがとう。お時間をいただき、本当にありがとうございました。いいドレスを着ているね」。

ミリンドは完璧な仕立てのズボンから、平べったい楕円形の小さな香水瓶を取り出した。「ささやかな贈り物です。いつもあなたに贈りたいと思っていたのですが、なかなか機会がなくて......」。エスティローダーの「ビューティフル・シアー」の香水だった。

「ありがとう、ミル。これには大金がかかったでしょう」とスミトラは叫んだ。ミリンドはスミトラを軽く抱きしめた。

センチと恵まれたアスリート体型のスミトラに、ミリンドは魅力を感じた。彼女の肩は少々男っぽかったが、それは日課として毎日ダンベルを持ち上げていたためで、その結果、上腕二頭筋は 13 インチになった。スミトラもまた、引き締まった尻と形の良い脚を持っていた。あからさまに大きいわけではないが、彼女の胸は張りがあり、丸みを帯びていた。

ミリンドは、たとえマンディラがプロのモデルであっても、2 人がタラップを歩き、自分が審査員を務めるなら、スミトラの方が一段高い点数を取るだろうとよく反芻していた。スミトラの表情は明るく、エネルギーに満ちていた。愛らしい楕円形のベンガル人の顔、アーモンド形の目、豊かなアーチ型の眉、完璧な鼻。

スミトラが微笑むと、両頬にえくぼができた。彼女は少しクセのある髪を片側の肩に流すように結んでいるが、何通りものヘアスタイルに対応できる。スミトラのイヤートップは曜日ごとに変わった。マンディラがダングラーを愛用していたのとは違い、彼女はダングラーを好まなかったが、それはマンディラの首が細くて長く、ボーイッシュな髪型がそれを際立たせていたからだ。

愛の子守唄

–カジャリ・グハ著

昔々、トルコの遠い村に一人の老婦人が住んでいた。彼女は大洪水で家族を失った。村に一人で住んでいた彼女は、アラカティの凧祭りを祝うときに、凧を買ってくれる若者たちのために凧を作っていた。4 月の特別な日、子供たちは空高く凧を揚げたものだ。誰が他の参加者よりも高く凧を揚げられるかを競うものだった。色とりどりの創作凧が空に舞った。村には、自分でデザインした凧を揚げる凧揚げ愛好家がたくさんいた。その女性は、毎回彼女のところへやってきては、その美しさで他を圧倒するような特別なデザインを注文する少年の一人に好意を寄せていた。老婦人の魔法は、誰にも打ち負かされることのない美しい凧を作り上げる。少年がそれを空高く飛ばすと、それは美しい天使の姿に変わり、近くにあった山に向かって移動した。その後、誰もその凧を見つけることができなくなった。その山には精霊が住んでいて、それは少年の母親に他ならないと思われていた。少年は、この凧がお母さんに、自分がまだお母さんを覚えていることを伝えてくれると思っていた。

そのおばあさんには亡くなった孫がいて、毎年お祭りの時期にやってくる男の子は、もういない孫だと信じていた。彼の名はハン。彼の美しい大きな瞳は、継母に振り回された退屈な子供時代を静かに物語っていた。彼の色白でカーリーな茶髪は、赤い薄い唇に封印された言葉にならない言葉の謎をさらに深めた。肌のたるんだ老婦人は彼を慕い、マンティ、バクラヴァ、ラフマクン、コフタなどを食べさせた。彼女が彼のために作った凧の料金を取らなかったのは、ごく自然なことだったが、運命には大きな役割があった。ハンが彼女のところに来るときはいつも、彼が帰るときに水をかけていた。これは幸運を祈るトルコの伝統的な習慣である。帰り際に水をかけると、その人の仕事がスムーズに進むと信じられている。その日、ハンは早めに休暇を取り、急いでいた。女性は叫んだ！止めてください、水を撒きますから」。

ハンは止まらずに走って家に帰った。普段は父親の店で食料品を売るのを手伝っていた。店は毎晩8 時に閉まるのが普通だった。ハンは 12 歳だった。継母は彼に朝食を与えず、彼は水だけで腹を満たしてから店に急行しなければならなかった。店の近くに金持ちが所有する美しい庭があった。たいていの場合、空腹で気を失いそうになると、近くの木から桃を数個もぎ取り、こっそりと食べていた。桃を摘んでいるところを庭の管理人に見つかったこともある。年寄りだが親切なサムが管理人だった。ハンの子供時代には、義理の母が彼を嫌っていたという悲惨な逸話がたくさんあることを彼は知っていた。彼は、美しい若い女性が棒で彼を殴り、ハンの父親が自分たちの部屋の天井を見つめているのを見た。サムは、ハンの父親がその女性の怒りから息子を救うことになれば、必ずや耳打ちされることを知っていた。サム自身も同じ状況の犠牲者であり、ついに一人息子を失った。彼は共感と同情に圧倒され、自分の息子と同じ目に遭わないようにこの子を救おうと決心した。彼は経験豊富な男だったので、こっそりと少年に食事を与える計画を練った。

ハン私のところに来なさい。毎日お弁当を持っていくよ。あなたは私の息子のようだ。庭から果物を盗む必要はない。でも、植物に水をやるときは手伝ってくれる。朝、お父さんの店を開ける前に待っているよ」。

ハンは何とも言いようのない、重くしびれるような気持ちで彼を見た。彼はまるで飢えた狼のように、さまざまな器に盛られた料理に飛びついた。

その日から、サムは彼に朝はフルーツを食べさせ、昼はいろいろな料理を分け合った。ハンの父親はすべてを知り、サムの親切に感謝した。

「こんにちは！サム私の子供に毎日ご飯を食べさせてくれているあなたに心から感謝します。実は、私の話をしたいんだ。私はハンが生まれたときに最初の妻を亡くした。ハンには母性的なケアが必要だったので、私は再婚し、リマが赤ん坊の面倒を見てくれると思っていたが、それは逆だった。彼女はハンの世話をする家庭教師をつけていた。ハンが 5 歳になると、彼女は老婦人に別れを告げた。ハンはよく泣いた。私も抗議したが、彼女は「邪魔をするなら DV の冤罪で裁判所に訴える」と脅してきた。彼女があんなに意地悪だとは想像もしていなかった。彼女は蛇のようにヒスを起こし、掃除と洗濯をすべてハンに命じた。私はすでに、私の死後は彼女とハンが私の食料品店と家を単独で相続する旨の遺言書を作成していた。彼女はハンの名前を撫で回し、さまざまな迷惑をかけた。ハンに餌をやっていることは秘密にしておいてほしい。私の最愛の息子に対するこの親切に対して、私はあなたにわずかな金額を与えよう」。ハンの父親は懇願した。

「いや、違う！私はハンを自分の息子のように愛しているので、あなたから何も奪うことはできない。心配する必要はない。秘密にしておいてくれ」。とサムは言った。

ハンは凧揚げが何よりも好きだった。母親が山で待っていると思っていた。毎年、彼は老婦人から凧をもらい、義理の母親から厳しく叩かれながらもアラカティの凧揚げ祭りに参加していた。彼は忙しいスケジュールの合間を縫って老婦人のところへ行き、食事をした後、彼女の膝の上に頭を乗せていた。彼女が子守唄を歌うと、彼はしばらく眠った。そして、豪華に見える凧を手に取り、家に向かう前に老婦人にキスをした。彼はまず庭に行き、凧をサムに預け、それから家に帰り、薄暗い屋根裏部屋に置かれた古ぼけた状態の簡易ベッドに横になった。老婦人が歌う子守唄を口ずさみながら、目を閉じていた。彼は空に浮かぶ無数の色とりどりの凧を夢想した。菱形のものもあった。ドラゴンの形をしたものもあった。他の凧は巨大だったが、彼の凧はユニークな外観で、音楽的でもあった。

快晴の朝だった。ハンはまだ夢の国をさまよっていたが、義母のけたたましい声が彼の眠りを破った。毎日の家事を終えると、彼は家を抜け出し、カイトフライヤーたちが集まる競技用の特定の場所に向かった。競技が始まり、美しい凧が空を舞う鳥のように羽ばたく姿が見られた。ハンの凧は人魚の形をしており、歌を口ずさんでいた。老婦人がよく歌っていたのと同じ歌だった。凧はどんどん高くなり、他のすべての凧を打ち負かした。それはまるで、川のさざ波の中で踊る人魚のようだった。空に美しい映像が生まれた。人魚凧は、美しい曲に合わせて優雅に舞う優雅な少女だった。誰もがショーを楽しんでいたが、突然、ハンは強い違和感を覚えた。気がつくと鳥のように飛んでいた。凧は彼に指示を与え、彼はそれに従うように力で引っ張られた。最初にそこにいた人たちは、魔法にかけられたようだった。

「ワオ！これは何だ？ハンは空にいる"そのうちの一人が言った。

「こんな奇跡があり得るのか？別の者が叫んだ。

審査員たちは、その華麗な技を見て唖然とした。他のカイトフライヤーたちは、疲労と疑念に満ちた表情で、魅了されるように立ち尽くしていた。ハンはまだ人魚凧を持って見えていた。まるで太陽の光が金の川のように流れ落ちるかのように、彼の体からは柔らかな金色の光線が発せられた。近くにバラの花は咲いていなかったが、バラの香りが充満していた。群衆の中にサムがいた。彼は泣き出し、ハンの父親のもとへ駆け寄り、話をした。ハンの父親は胸を打ち、涙を流した。

「ハン......行かないでくれ降りてきてください。私はあなたの面倒を見る......ハン......！″彼はその場に駆けつけ、懇願した。

ハンはマーメイドカイトを追っていた。彼の視線は澄んでいて、まるで人間界をはるかに超えた何かを垣間見たかのように輝いていた。

太陽は沈みかけ、水平線に低く垂れ下がっていた。それはまるで琥珀色と金色に輝く球体のようだった。淡い青だった空は、燃えるような色合いの見事なキャンバスに変わった。燃えるようなオレンジが、柔らかなピンク、深い紫、そして深紅へと滲んでいく。雲はまるで画家の筆のように天を横切った。そのエッジは輝きを放っていた。一瞬の魔法にかけられ、世界は一時停止したかのようだった。

老婦人は、ハンが毎年のようにトロフィーを持って訪ねてくるのを心待ちにしていた。今回は少し変わっていた。近くに教会はなかったが、彼女は教会の鐘の音に耳を傾けた。そして空を見ると、ハンが別れを惜しむように手を振っていた。

「ああ、神様！ハン降りてこい！おばあさんを置いていかないでください。やめてくれって言ったのに、水を撒いただろう。なぜ私の言うことを聞かなかった？彼女の慟哭の声は、空に向かって消えていったが、ハンは戻ってこなかった。

おそらく、彼は空で母親に会ったのだろうが、この事件以降、アラカイトの凧祭りでは毎年、凧揚げをする人たちが、母子をイメージした美しい凧を見つけ、鼻歌を歌いながら空高く飛んでいた。

あなたが私を愛するその方法が好き

–パビットラ・アディカリー著

そのやり方が好きだ
あなたは私を愛している。
そのやり方が好きだ
私のところに来なさい。
そのやり方が好きだ
真珠のような笑顔だ。

そのやり方が好きだ
あなたは私を見つめ続けている。
そのやり方が好きだ
あなたは私の近くにいる。

そのやり方が好きだ
あなたは私の指に触れる。
そのやり方が好きだ
あなたは私の目に優しくキスをする。
そのやり方が好きだ

あなたは私を優しく愛撫する。
そのやり方が好きだ
あなたは私の気持ちを美しくしてくれる。
そのやり方が好きだ
あなたは私の魂を誉めてくれる。

愛とは所有することではない。
愛とは感謝である、
愛は犠牲の上に成り立つ。
愛することができるのは、２人の美しい魂だけだ
。

覚醒

–スニート・ポール著

リビングルームのリクライニングチェアにゆったりと腰掛け、マンディラは数日前に読み始めた恋愛小説の最後のページを夢中になって読んでいた。部屋の反対側に転がっていた携帯電話の着信音で、彼女は現実に引き戻された。玄関のベルが鳴ったとき、彼女はそれに応えようと立ち上がった。慌てて正面玄関に向かい、カチッと鍵を開けた。それは女中だった。まだ鳴っている携帯電話にダッシュで戻り、電話に出た。

電話はラジャットからだった。「ダーリン、私は長い間、君に伝えようとしてきたんだが、なかなかうまくいかなかったんだ。

「デリー・テレフォンの操作方法を知っているのか？彼女は大笑いした。

「今日はどうして家にいるの？あなたの携帯電話が応答しないので、オフィスに電話をかけたら、あなたは休暇中だと言われた。具合が悪いのか？

「いや、元気だよ。今日は仕事に行く気になれなくて、携帯の電源も切っちゃったのよ」と、彼女は額にかかった髪を引っ張りながら、そっと彼に言った。

「マンディラ、話があるんだ。すぐに行くそれでいいのかな？彼の声には切迫感があった。

「それは完璧だ。おいで、ダーリン！」。短い会話の後、彼女は電話を切った。

彼女の目には輝きがあった。ラジャトからの電話は、いつも彼女の心を興奮させた。最近会ったというわけではない。実際、2人は知り合って2年以上になる。しかし、彼の電話を受けた後の新鮮な気持ちは、いつも続いていた。最初の出会いが脳裏をよぎった。彼女はチャンディーガルから来た弟のナヴィーンと病院に行ったが、不幸にもデリーを訪れた際にスクーターの事故に遭ってしまった。そして左足を骨折した。車椅子をスロープに上げようと必死になっていたとき、後ろからニコニコ顔の男性がそっと手を貸してくれたのだ。あることがきっかけで、二人は定期的に会うようになり、今ではとても親密な関係になった。

彼女はすぐに寝室に行き、ナイティからもっとフォーマルなものに着替えた。「ラジャトはナイティ姿で私に会いたがっているけれど......」。

ジーンズとタイトなトップスに着替え、顔を整えた彼女は、ニューデリーの中心地コンノート・プレイスにある 2LDK のアパートのバルコニーに向かった。3 階のアパートに吹き込む穏やかな風が、彼女の髪を乱した。マンディラは美しいロングヘアだった。朝のラッシュアワーは過ぎており、交通量はそれほど多くなかった。彼女の目は警戒してラジャットの空色のスクーターを探していた。彼らはこのスクーターであちこちを歩き回っていた。しかし、ラジャトと一緒に遊びに出かけることは最近ほとんどなかった。そういえば、最近のラジャットは自分とは違う、とマンディラは思った。

「そう、彼は何か考えているようだった。彼女が常に自分たちの将来について尋ねてくることが、彼の重荷になっていたのだろうか？しかし、彼女に何ができるだろうか？その疑問は彼女にも重くのしかかっていた。

マンディラは道路から周囲の雑居ビルに視線を移した。3 年前、彼女がこのアパートに引っ越してきたときから、この地域は大きく変わっていた。しかし、彼女の状態は以前と同じだった。チャンディーガルからデリーに移り住み、シニア・コマーシャル・アーティストとして広告代理店に勤めたが、生活が落ち着くにはあまり役立たなかった。落ち着かない精神は、彼女が仕事に集中することを許さなかった。34 歳になっても、彼女は 19 歳の少女のように自分の進むべき道を探していた。その上、妻子ある男性と恋に落ちたのだ！

「そう、彼女は思った。涙のしずくが彼女の形のいい目を満たしていた。

玄関のベルが鳴った。メイドがドアを開け、ラジャットが入ってきた。濡れた目をしたマンディラを見て、彼は急いで彼女のところに行った。彼は愛情を込めて彼女の左頬をなでた。

マンディラはすぐに目を拭き、微笑んだ。

「考えることで泣くのなら、考えるのをやめればいい」と彼は笑い、お気に入りのソファーに腰を下ろした。

マンディラはラジャトを見た。彼は疲れた表情で、厳粛な表情を浮かべていた。彼女は後ろから通り過ぎながら、彼の髪を戯れるようにかきあげ、彼に寄り添った。「ラジャット、どうしたの？悩むなら考えるのをやめなさい」と冗談交じりにアドバイスを繰り返した。

しばらく沈黙が続いた。マンディラは彼女の指を握り、優しく言った。昨日、妻に君のことを話したんだ。

マンディラは立ち上がり、警戒を強めて心配そうに尋ねた。彼女は何と言った？

向かいの壁に描かれた、不敵な笑みを浮かべた女性の絵が目に留まった。彼には、それが妻が自分たちを見ているように見えた。

マンディラの切迫した声が、彼を回想から呼び戻した。

ラジャットは物思いにふけり、肩をすくめながら思慮深げに言った。彼女は忍耐強く、人を見下すような態度をとる。彼女に私たちのことを話すのが馬鹿らしくなったんだ」。

女中が昼食のテーブルを並べるかどうか尋ねに来た。マンディラは彼女に、昼食はいいから仕事を終えてから行くように言った。ラジャトの方を向いて、彼女は緊張した面持ちで話した。「彼女の反応はどうだった？彼女は彼に近づき、彼の手を強く握った。

彼はソファーの背もたれにさらにもたれかかった。周囲は静寂に包まれていた。「彼女は最初、ぼんやりとした様子で私の話を聞いていた。彼女は感情を表に出さないって、私はいつも君に言ってきたじゃないか。その言葉が身にしみると、彼女はショックの表情を見せた。その考えがだんだんと彼女の頭に浮かぶようになると、彼女はあなたについて質問し始めた」。

「最終的な結果は？マンディラは焦ったように尋ねた。彼女は緊張を抑えきれず、真剣な眼差しで彼を見つめた。

ラジャットは彼女をそっと引き寄せた。「妻は小さい町で育った。彼女は少しオーソドックスな態度で、私を盲信している。このようなことも起こりうるとは想像もできなかった。

マンディラの声には一瞬思いやりがあった。離婚の話はしたのか？

ラジャトは視線を落とし、「はい、そうです」とうなずいた。彼女はひどく泣き叫ぶ夜を過ごした。彼女は......私との会話をまず拒否した。幸い、息子は祖父母のところに出かけている。私がどんな夜を過ごしたか想像できないでしょう！”彼の精神的な動揺は非常に明らかだった。しかし、彼はすぐに気を取り直し、「単刀直入に言うと、私が彼女に現実を受け入れるよう強く求めた後、ついに朝になって、彼女ははっきりと、あなたに会ってからでないと返事をしないと言ったのです」と言った。彼は遠い目をしていた。”8 年間も一緒に過ごしてきたことを理解してほしい”。彼の額には深いしかめ面があった。

マンディラは立ち上がった。ラジャット、誰もあなたに決断を強いたりはしていないわ。それはあなた自身の選択だ。私は今、あなたの話にためらいを感じている。そして、もしあなたが彼女ととても快適に過ごしているのなら、なぜ私とこんなドラマを？

「いやいや、誤解しないでくれ。”彼女は今日 5 時に家で待っている”

彼の手から身を離し、彼女はかなり怒ってこう言った。正気か？私と話すこともなく、あなたは同意した！バカバカしい」。彼女は部屋の中を歩き回り、その身振りは彼女が窮地に立たされていることへの恐怖をほのめかしていた。「あなたは以前、彼女の扱いはあなたの問題だと私に約束した。いや、彼女とは遭遇したくないし、もしかしたら乱闘になるかもしれない！しかも、私に準備する時間をほとんど与えていない。だから、もう勘弁してくれ！」。

ラジャットは彼女のそばに行き、両手で彼女の顔を包み、こう訴えた。彼女に一度だけ会えばいい、それだけだ、約束する。友好的な解決を図りましょう。彼女はあなたに礼節を尽くすと確約している。不愉快なことはないだろう。彼女は、私が好きになった女性に会いたいだけだと言っていた。そこで過ごすのはほんの数分です、約束します」。

マンディラは彼の目をじっと見つめた。

ラジャットはほとんど小声でこう続けた。そうすれば事態は急展開する。お願い...″

彼女の顔には憂慮が大きく書かれており、声には赤裸々さがあった。彼女と顔を合わせるのはとても気まずい。私には無理だと思う。彼女は体を震わせた。″私を巻き込まずに、彼女と解決したら？″

ラジャットは彼女の腰を抱きしめた。私はあなたとともにいる。

しばらく沈黙が続いた。そしてついに、衝動が彼女の迷いを打ち消した。よし、やろう。でも......でも、ラジャット、あなたを信じていいんですか？

「もちろんよ彼はほっと安堵のため息をついた。

2

マンディラはシャリニー（ラジャトの妻）の素朴さに驚いた。マンディラは彼女より1、2歳若いかもしれない。しかし、この女性は穏やかな顔立ちで、大きな目をしていた。まるでシャリーニが彼女を嘲笑しているかのようだった。ラジャトはこの瞬間のために彼女を準備していたのだが、マンディラはここに来ることに同意したことを後悔していた。シャリーニの落ち着いた姿勢が彼女を緊張させた。

簡単な自己紹介が終わると、嵐の前のような沈黙が訪れた。マンディラがラジャトに向けた不安げな視線は、まるで ″彼女は私を一目見たのだから、もう行こう！″と言っているかのようだった。

自信に満ちた唐突な態度で先陣を切ったのはシャリーニだった。私の夫が家庭的な男であることを十分承知した上で、結婚を望んでいるのですね」。残念ながら、あなたは女心に恵まれていない。あなたには利己主義が見える。あなたは私には邪悪で醜い」。

マンディラはこの猛攻を予想していなかった。寒気が体を通り抜け、シャリーニに怒りの視線を向けたが、彼女は必死に自制した。

シャリーニ、頼むから彼女を責めないでくれ」。私の決断だ。

「私が彼女と話すときは黙っていてくれ、ラジャット」。彼女の毅然とした態度に彼は驚いた。こんなふうに彼に話しかけたのは初めてだった。彼は今まで、彼女のこのような一面に触れたことがなかった。彼と一緒にいるときのシャリーニはいつも違っていた。彼女の目には、激しい口論をしたときでさえも、これまで見たことのない炎が宿っていた。あなたの言うとおりよ。なぜ彼女が非難されなければならないのか？意気地なしなのはあなたの方だ。4 日前、あなたは息子に妹の誕生を約束した！それに以前は、もっと大きな家に引っ越す計画を私と立てていたじゃない！そして今、あなたは私と別れたいのでしょう！」。

ラジャットは慌てた。彼はこの暴挙に驚いた。彼女をなだめようと、彼が話そうとしたとき、彼女がこう切り出した。この野郎！」。

私は小さな町の出身かもしれないけれど、おもちゃじゃないわ。あなたみたいな変態と一緒にいたくないのは私の方よ。離婚するのは私だ。

ラジャートの自尊心は傷ついたようだ。彼は威嚇するように動き、彼女に向かって歩いてきた。

マンディラは歩みを止めた。その間、彼女はずっと通りを見下ろす窓辺に立っていた。一匹の子犬が、猛スピードで走るトラックの巨大なタイヤの下敷きとなり、絶体絶命のピンチを脱したのだ。彼女は確信と嫌悪感を込めてこう言った！ラジャット、君には驚かされるよ。数日前、あなたは私とロマンチックな計画を立てていた！そして、この日のために妻を準備してきたと、これまでずっと私に話してきた。私の感情をもてあそんで、自分勝手だった！」。涙が頬を伝った。"私をゲームに巻き込んだことを恥じるべきです"。

シャリーニの怒りは収まっていなかった。「彼女と一緒に暮らして、しばらくしたら彼女を捨てることもできる。結局のところ、君は男なんだひとつ確かなことは、私たちは同じ屋根の下で暮らすことはできないということです。

マンディラはその間に財布をまとめた。毅然とした態度で、彼女はラジャトに言った。どこへ行くのも自由だが、私と一緒はダメだ！私はついに決断を下すために目覚めた。君がいない方がいいんだ」。ためらいがちにシャリーニをちらりと見ると、彼女は急いで家を出た。

ラジャトには事態の進展が早すぎて理解できなかった。彼は呆然と立ち尽くしていた。沈黙を破ったのはシャリーニだった。私の決定は最終的なものだ。彼女は隣の部屋へ出て行った。

ラジャトの足元から少し離れたところに、大きなクモが屋根から落ちてきた。転倒したことで方向感覚を失ったようで、あたふたと部屋の中を移動した。

愛の不思議とその他の詩

ローデシア

回想

沈む夕日
オレンジ色の輝きを放っている、
しわくちゃの笑顔。

彼女が座っていると
ロッキングチェア、回想
失われた愛の痕跡。

小さな炎が暖めるように
彼女の最後のどよめき、
調和のとれた鼓動。

初恋

彼が彼女に貸した本
視線を戻し、開いた。
彼女の純粋で清らかな心。

ある夏
亡き英雄の足跡、
手のひらを合わせた。

秋の葉が落ちたように、
彼は犠牲を追体験した
彼女を飛び立たせる。

視線

知人では、
何人かの視線が残る、
しかし、繁栄することはめったにない。

チラ見、視線、凝視から、
心が憧れを覚えるまで
その欲望を見るために。

しかし、すべての視線がそうではない。
十分なチャンスが与えられている、
探求を続けるために。

ダイヤモンド・リング

ダイヤモンドの指輪
彼女の４桁目の数字が輝いた、
ルーズでもタイトでもない。

唯一の指輪
彼女のスレンダーな体型には
か弱く、壊れやすい指。

唯一の指輪
彼女はこれまで、着ることを気にしていた、
しかし、戻らなければならなかった。

結婚の誓い

巨大な教会、
男性だけの合唱団、5つ星ホテル、
ピアノとヴァイオリン...

それは輝かしいものだった。
結婚式、しかし悲劇的だった
耐える結婚...

それでも二人は誓いを交わした、
屋根の上に家族を築いた、
良くも悪くもだ。

ハンドキス

彼は初めて彼女に会った、
彼はキスをしようと彼女の手に手を伸ばした、
そして、しっかりとこう言った。

僕が欲しいのは君なんだ、
そして私たちは一緒になる、
より貧しいか、より豊かか。

彼女は微笑み、ただこう言った。
休息まで彼の世話をした、
彼の最後の恋。

余韻のメロディー

彼らの愛は本物だった、
甘くて酔わせる、
不滅、不変。

しかし、グラウンドはなかった
檻に入れられた二人の愛の着地点
生涯の絆の中で。

二人の愛は長続きした
船上で彼は彼女の音楽を演奏した、
そして彼女は彼に詩を書いた。

旧友

彼らはお互いを知っている
誰も来ないうちにね、
彼らは幼なじみだった。

東も西もそうだった、
郵便で手紙を送る、
彼女は違和感を覚え、立ち止まった。

数十年が経ち、彼はこう書いた。
それ以来、また彼女を見つけた、
彼は彼女の背骨だった。

最後の日々

夕暮れがまぶしかった、
そして、真っ暗な夜が忍び寄ってきた、
視界も暗くなった。

彼女が最後に見たのは星だった、
上にも下にもきらめき、
愛する人の涙の中で。

彼女の手が包んだ
彼は彼女から離れなかった、
人生の後でさえも。

愛の不思議

これ以上の喜びはない
人間の経験の中で、
気遣い、育てる...

これ以上の不思議はない
全宇宙の中で、
それは癒しと創造...

これ以上の魔法はない
それは意味を変え、呼吸する
人生にとって、愛よりも。

愛の絆

–リディマ・セン著

愛の絆、
心臓で縛られる
無関心に見える
時の障害に
車輪がある：
常に回転している
時を刻む
海の波の。

2月14日

–スリージャタ・ロイ著

その日は2月14日で、マヤはいつもなら家に引きこもり、ソーシャルメディアや新聞から遠ざかることを好む日だった。それは、バレンタインデーにプレゼントを買ったりもらったりするよう促す絶え間ない商業的なメッセージや広告から身を守るためだけでなく、自分に何が欠けていて、それを満たすために何ができるかを思い起こさせるためでもあった。それは、彼女が今は疎遠になっているパートナーと約半世紀前に結婚した日でもあったからだ。地平線そのものからずっと先に進んでしまった人。彼女はもう壊れた結婚生活を悔やんだり懐かしんだりすることはなかったが、この日はただ自分の部屋に閉じこもって、ウェブ・シリーズなどに没頭していたかったのだろう。

マヤは33歳、独身、子供なし、バツイチの女性で、市内のNGOでソーシャルワーカーとして働いていた。彼女の両親はもういないし、兄は別の街に住んでいる。友人1人か2人がときどき訪ねてきて、彼女は執筆や仕事、新しいことを学ぶことに忙しくしていたが、それでもほとんどの時間は彼女だけで、彼女はその静けさに慣れてしまっていた。

彼女にとって、いつもそうだったわけではない。数え切れないほどの出会い系アプリを使い、中途半端な男たちと行き当たりばったりのデートを重ねる日々。ゴースト化、パンくず、嫌がらせ、詐欺、退屈な会話の繰り返し、何もなくなって消えていくつながりなど、マヤはすべてを見てきた。虚無感と孤独感がしばしば彼女の胸に忍び寄るが、そのたびに彼女は自分を強く保とうと思い直した。そんな時、彼女は自宅のテラスに行き、スモッグに覆われながらも満天の星を覗かせる夜空を見つめ、自分の住む広大な大地の素晴らしさを吸収していた。それは彼女に何の答えも与えなかったが、いつも彼女を落ち着かせてくれた。 彼女の日々はこうして、何事もなく、しかし心豊かに過ぎていった。彼女は、たとえ欠点があろうとも、自分の人生に平穏と信憑性があることに感謝していた。

しかし、その日は2月14日の土曜日だった。マヤは遅くまでベッドにいた。朝の家事をほぼ終えたとき、オフィスから電話がかかってきた。

「マヤ、ちょっと事情があるんだ。22日に子どもたちと一緒に、心の健康のための読書オンライン・ワークショップを行ないたいと考えていた『ファウンディング・ビジョン』のロイ・アードリー氏を覚えているだろうか？彼は別の用事でこの街にいるんだけど、もし可能なら子供たちに会いたいと言っているんだ。残念なことに、彼らの間を取り持つ人はここにはいない。会談の仲介役として来ていただくことは可能でしょうか」。

マヤは一日中することがなかったので、この出会いが彼女の人生のまったく新しい章を紐解くことになるとは知らずに承諾した。

耳は音楽で塞がれ、足はスニーカーを履いていた。

彼女は時間よりかなり早く NGO 事務所に着いたが、アードリー氏がすでに入り口にいたことに驚いた。

彼はすぐに彼女に気づいたようで、温かく手を差し伸べて挨拶し、突然の計画を謙虚に詫びた。

マヤはすぐに、彼のエレクトリックブルーの瞳、柔らかなブラウンの髪、そして表情の率直さに心を打たれた。彼女はさりげなく挨拶を返し、彼を中に案内した。

アードリー氏と、NGO がスラムに住む子どもたちに力を与えるために開催したワークショップや授業に参加した子どもたちとの短いミーティングだった。アードリー氏は、ワークショップの前に子供たちと個人的に知り合い、自己紹介をしたかっただけなのだ。

それが終わり、子供たちが散り散りになると、アードリー氏はマヤの方を向き、彼女の目をまっすぐに見つめて、「今日の午後、どこかでコーヒーを飲みませんか？

マヤはイエスと答える前に少し考えた。この紳士とコーヒーを飲みながら 1 時間過ごしても、それほど害はないだろうし、人脈を広げる機会にもなるだろうと思ったからだ。

しかし、見知らぬ者同士の仕事上のネットワーク作りのつもりで始まった会話は、長い間遠ざかっていた友人同士の、さわやかで、ユーモラスで、きらめくような会話になった。ロイはハンサムで好奇心旺盛で温かく、興味深い逸話や計画をたくさん持っていた。気がつくと、1時間が2時間になり、3 時間になり、最初はコーヒーだけだったのが、軽食になり、デザートになった。やがて夕食の時間になった。マヤは腕時計を見て叫んだが、ロイは長い間彼女を引き止めていたことを半ば恥ずかしく思い、時間がどこに行ったのか理解できなかった。 二人は電話番号を交換し、連絡を取り合うことにした。マヤは温かい居心地の良さを感じて戻ってきた。彼女は、2 人が友達になるとは思っていなかったし、定期的に連絡を取り合うようになるとも思っていなかったが、静かな夜のひとときでの人間同士の付き合いや交流は、彼女の日常に変化をもたらしてくれた。

驚いたことに、翌日、彼女の受信トレイにロイからのおはようメールが届いていた。マヤは「お互い様よ」と答え、良い一日をと祈った。マヤはロイとの最初の数回のメールのやりとりをあまり気に留めなかったが、ロイは一貫して彼女のことを尋ね、毎日の終わりに彼女の一日がどうだったかを尋ねていた。彼は週末に電話でビデオ通話を提案した。

マヤは当初、この新しいつながりに懐疑的で、彼との交流を表面的で人間味のないものにしていた。彼らは時事問題、気候変動、教育、文学、映画、ショーについて語り、ワークショップやコースについて意見を交換した。

ロイは穏やかでユーモアがあり、彼女を思い起こさせるような面白いビデオや記事のリンクをよく送っていた。これまでマヤは、カジュアルでフレンドリーでプロフェッショナルな関係を保っていた。彼女は、まったく異なる 2 つの大陸の出身であるため、その先に何かが発展する可能性はほとんどないことを知っていた。しかし、ロイは降りてくるたびに彼女に追いつき続けた。そしてある日、二人は出会った後、川辺を散歩し、オレンジ色の夕日を眺めた。マヤが彼と一緒にいると、平和と完全性のオーラに包まれ、彼女はそれ以上何も求めなかった。

″もう 5 年になる。後悔はしていない。あなたはどうなの？」。

ロイはこの突然の個人情報に驚いた様子はなかった。しかし、彼は男やもめだった。彼の妻は COVID 中に他界していた。このちょっとした個人的な交流は、最初の出会いから始まった絆の固まりの始まりであり、信頼と安全の構築への旅であった。彼らはむしろ、新しいストリートフードを試したり、街のさまざまな路地を歩いたり、古い建築物を探検したり、瞬間瞬間を捉えたりしていた。ロイは数カ月に一度、マヤと同じ街でプロジェクトを立ち上げる口実を見つけては、いつも時間を割いて街中のイベントや場所を探検していた。

こうして 1 年が過ぎ、ある予測不可能な月曜日の午後、マヤは瀕死の事故に遭遇した。下半身が麻痺した。病院のベッドに横たわり、すっかり絶望したマヤは、天井の扇風機が回るのを眺めていた。その日は退院の日で、彼女には特に楽しみなことはなかった。しかし、病室のドアがカチッと音を立て、彼女は今日誰が会いに来るのか見た。

「ロイ！」彼女は見慣れた意外な顔との再会に喜びを爆発させた。

「あなたの事故のことを聞いて、すぐに取れる休暇を取りました。

マヤは泣き崩れそうになった。何も話す必要はなかった。ロイは彼女のほうにやってきて、彼女のために用意した花と果物をサイドテーブルに置き、彼女を抱きしめた。

〝今日デートしよう〟

「デート？この状態で？以前のように街を散策することができなくなった今、もう私と一緒に時間を過ごすことはないと思っていたのに......」。

ロイは彼女の唇に指を当て、これ以上話すなというジェスチャーをした。

「僕がここでプロジェクトを立ち上げたのは、君と一緒に過ごすためなんだ。

その夜は珍しく快晴で、ギブスムーンはまるで黄金のように輝いていた。

ロイはマヤをテラスまで運び、地面に敷物を敷いて、マヤが硬い表面で痛がらないように枕を適切な場所に置いた。彼は彼女の好きなダイエット・コーラと大きなボウルに入ったバター・ポップコーンを買ってきて、星空の下、絨毯の上に横になった。マヤはロイの手をそっと包み、彼の体の温もりの隣で心地よく過ごした。二人とも、星座が地平線から次の地平線へと移動するにつれて経過する秒、分、時間を数えていなかった。マヤがロイの肩に体を預けてうとうとするまで、ふたりは時に息を切らし、時に夜の静寂に溶け込みながら語り合った。翌朝は 2 月 14 日だった。マヤは目を覚ました。下半身が麻痺し、運動能力も部分的に失われていたが、前途有望な新しい人生を歩んでいた。

著者について

アナ・S・ガッドは、ドバイを拠点とし、国際的に高く評価されているセルビア人作家、メディア・プロフェッショナル、デジタル・アーティストであるアナ・スティェルジャ博士のペンネームであり、文化的多様性、芸術、文学の熱烈な支持者である。

田中ほいしは、感情豊かな恋愛ストーリーで知られる著名な漫画家である。心のこもったストーリーテリングと緻密な人物描写を融合させた『雨に唄えば』で一躍有名になった。芸術と物語への深い情熱を持つホイシは、世界中の読者の心に響く物語を作り続けている。

ウォーレン・ジャンセン・ビラセナーはフィリピンのIT業界で働いている。仕事と遊びと詩作を両立させながら、家族と幸せな時間を過ごしている。

マンモハン・サダナは元観光局長で、受賞歴のある作家、俳優、編集者、マンドリン奏者である。小説『ヒーリング・ストリングス』は浮世絵師十年本賞など複数の賞を受賞。アルヴィンド・ガウルの下で演劇を学び、以前はニューデリーのセント・スティーブンズ・カレッジでペルシア語を専攻していた。

統計学と経済学の博士号を持つオーロビンド・ゴッシュ博士は、教師、トレーナー、作家である。詩集『Lily on the Northern Sky』は賞を受賞し、小説『Bimladadi's Dreams』はオーディオブックになった。ウキヨトから複数の本を出版しているほか、アクリル画、ワルリ画、マドゥバニ画も制作している。

20 歳のストリートフォトグラファーであり、デジタルアーティストであり、デビュー作家でもあるカルティク・バトラは、『インフィニティ・ウォー』に端を発した SF にインスパイアされている。彼のストーリーは、星間ロマンスと宇宙の驚異を融合させ、デジタル技術によって生命を吹き込む。彼は読者に未知の世界を探求し、宇宙の無限の可能性を受け入れるよう誘う。

サンジャイ・バナジーは作家、登山家、マラソン選手。これまでに 3 冊のフィットネス本、ゴルカ・ランドに関する架空の物語を 5 ヶ国語で書いた小説 1 冊、コミック 2 冊、アンソロジー13 冊を執筆。

詩人、作家、翻訳家、作曲家であり、ウキヨト国際児童図書賞の受賞者でもあるカジャリ・グハは、ウキヨトが発行するアンソロジーに定期的に寄稿している。著書に "Euphoric Vendetta-A thriller"、"Pink Rick and Pip... the Scuba Divers"、"Pink, Rick and Pip ... the Birthday Guests"、"Pink, Rick and Pip "がある。彼らの冒険 "は文学界に足跡を残した。

教育者でありPabitra Sir Classesの創設者であるPabitra Adhikaryは、コルカタの有名なCAT-GMATコーチである。情熱的な作家であり、彼の作品はアップルブックスやオーディブルなどのプラットフォームで公開されている。また、ベンガル語の有名な雑誌『シュクタラ』に掲載された『カメリアの冒険』シリーズの著者でもある。

スニート・ポールは作家、編集者、学者、建築家であり、3冊の著書を出版している。趣味は旅行と絵画。執筆／ジャーナリズムへの貢献が認められ、いくつかの賞を受賞している。

ローデシアはフィリピン人医師であり、数々の賞を受賞した作家である。現在は 2 児の母として献身的に働きながら、電話相談を通じて人助けを続けている。彼女の文章は、愛、希望、信仰、そして読者へのインスピレーションの永遠の遺産となる。

リディマ・センは現在、ジャダヴプール大学で比較文学を専攻している。これまでに 20 冊のソロ本を自費出版し、30 冊のアンソロジーに参加している。このほか、これまでに 9 つのオンライン展覧会に参加している。

スリージャタ・ロイは英語教師であり、研究者であり、作家志望でもある。アートと写真にも手を出し、ダンスと旅行を愛し、精一杯生きることを信条としている。

www.ingramcontent.com/pod-product-compliance
Lightning Source LLC
LaVergne TN
LVHW041537070526
838199LV00046B/1700
9789370094765